मेरे विचारों का काव्य रुप

विजय कुमार

First Published in June 2021

ISBN: 978-93-5472-037-6

BLUEROSE PUBLISHERS

www.bluerosepublishers.com

info@bluerosepublishers.com

+91 8882 898 898

Cover Design:

Nirmal K Manoj

Typographic Design:

Vaishnavi Tiwari

Distributed by: BlueRose, Amazon, Flipkart

कवि परिचय

नाम – विजय कुमार

जन्म तिथि – 10-04-1989

पिता का नाम – स्वर्गीय श्री कमल बहादुर

माता का नाम – श्रीमती सुनिता देवी

परिवारिक अन्य सदस्य – तीन बहन, एक भाई

जन्म स्थान – धोपड़धार भिलंगना घनसाली

शैक्षिक योग्यता – एम. कॉम., एम. ए. (अर्थशास्त्र)

रूचि – किताबे पढ़ना, कविताएं लिखना, घुमना और गाने सुनना

आदर्श – मदर टेरेसा और स्वामी विवेकानंद

अमर उजाला राष्ट्रीय समाचारपत्र के काव्य कॉलम में कई कविताएं प्रकाशित, और सुमन – सौरभ राष्ट्रीय पत्रिका में कई पत्राचार और अन्य विचार प्रकाशित।

वर्तमान में प्राइवेट सैक्टर में कार्यरत।

फोन – 8057418103

दो शब्द

सबसे पहले धन्यवाद उस पिता परमेश्वर का जिन्होंने ये इंसानी जीवन दिया उसके बाद धन्यवाद अपने पूज्य माता – पिता का जिन्होंने इस खूबसूरत दुनिया में जन्म दिया और जीवन की हर कठिनाई सहकर भी उच्च संस्कारो, अच्छे लालन-पालन और शिक्षा – दीक्षा के द्वारा जीवन के इस मोड़ पर लाकर खड़ा किया जहां से मैं अपनी भावनाओं, जज्बातो और विचारों को कलमों के सहारे दुनियां के सामने व्यक्त कर सकूं। धन्यवाद उन सभी गुरूजनों और शिक्षण संस्थानों का जिन्होंने मुझे शिक्षा – दीक्षा दी जीवन का अनुशासन सिखाया और एक अच्छे इंसान के रूप आगे बढ़ने के लिए हमेशा मेरा मार्ग-दर्शन किया साथ ही धन्यवाद उन सभी पत्र-पत्रिकाओ, समाचार पत्रों, आकाशवाणी केंद्रों और उन सभी माध्यमों का जिन्होंने मुझे किसी न किसी माध्यम से मंच दिया और किसी न किसी रूप में मेरा आत्मविश्वास बढ़ाया।

धन्यवाद मेरे प्यारे भाई-बहनों दोस्तों और उन सभी लोगों का जिन्होंने अपना बहुमूल्य समय निकालकर मेरी रचनाओं को पढ़ा मुझे हौंसला दिया और मेरा आत्मविश्वास बढ़ाया। जीवन के 25 वे बसंत तक जो बात कभी जेहन में ही नहीं आई थी, आप लोगों से मिले प्रोत्साहन के द्वारा वो एक शौक मात्र से सपना बना और आज वो सपना एक पुस्तक के रूप में साकार होने जा रहा है।

मुझे उम्मीद और विश्वास है कि आप लोगों का प्यार और आशीर्वाद का हाथ मेरे सर पर सदा बना रहेगा और मुझे हमेशा आगे बढ़ने के लिए प्रोत्साहित करता रहेगा ।

मेरी ये पुस्तक उन सभी लोगों को समर्पित जिन्होंने हर पल मेरा साथ दिया और अपने लेखन को एक पुस्तक के रूप में देने के लिए मेरा हौसला बढ़ाया।

(जीवन में हम किसी न किसी की बातों से, भावनाओं से, विचारों से और शब्दों से अक्सर प्रभावित हो जाते हैं, मेरी कविताओं के कुछ पक्तियों में भी शायद आपकी बातों की कुछ झलक मिले अगर ये आपको अच्छा ना लगे तो उसके लिए दिल से क्षमा चाहता हूँ, अगर मेरी भाषा शैली, शब्द रूप, विचार, भावना और परिकल्पना से किसी को ठेस पहुँचे तो उसके लिए भी क्षमा चाहता हूँ।)

विजय कुमार
टिहरी गढ़वाल उत्तराखंड
Vk3458@gmail.com

काव्य सूची

1 – बाबा भोले भंडारी

वो तो है भोले बाबा भंडारी

तीनो लोको में है जो त्रिशूल धारी

भक्तो पर है जो असीम कृपा धारी

करते हैं हम उनका वंदन बारी - बारी,

लंबे जटा है जिन्होने सर पर धारी

नंदी बैल की करे जो सवारी

चाहे कर दे सबकी मुराद पूरी

वो तो है कैलाश पर्वत के ड़मरूधारी,

करते हैं जो शिव की महिमा सारी

भोले शंकर करते है उनकी इच्छा पूरी

समुद्र मंथन का जो विष है धारणधारी

करते हैं हम उनका वंदन बारी - बारी,

भूत - पिचास के है जो सर्वोधारी

माँ गंगा को अपनी जटाओ में उलझाए सारी

गले में है जो काल सर्पधारी

वो है त्रिलोक के त्रिनेत्रधारी,

काल भैरवी और वीरभद्र के है जो उत्पनकारी

क्रोध में है जिनका रूप तांडवकारी

वो तो है भोले बाबा भंडारी

मिलकर करे हम उनका वंदन बारी - बारी,

गले में है जो रुद्राक्ष की मालाएं धारी

सर पर है जो अपने जटाजूट हारी,

जो कार्तिकेय, गणेश जैसे है पुत्र धारी

वो तो है शिवशंकर सबके पालनहरी ,

सच्चे मन से करे जो शिव आराधना सारी

भोले शंकर चाहे तो हर दे उनकी पीड़ा सारी

करे हम भी उनका ध्यान और वंदन अबकी बारी

उधघोष करे शिव की नाम जय - जय सारी..

वो तो है भोले बाबा भंडारी

करते हैं हम उनका वंदन बारी – बारी।

2 - वर्षों बाद

वर्षों बाद जब गाँव जाना हुआ

न जाने क्यों हर एक घर वीराना हुआ

जिन खेत खलियानो में था कभी खिलखिलाना

वहां तो मिला पशु- पक्षियों का आशियाना,

जिन गलियों में था कभी बच्चों का मुस्कराना

वहां तो रहा ही नहीं अब किसी का ठिकाना

जिन रास्तो पर चलकर था बचपन बिताया

वहाँ तो बस कांटेदार झाड़ियों को ही पाया,

जब शहर-शहर का इतना विकास हुआ

तब गांव के ये हालात देखकर मन निरास हुआ

वर्षों बाद जब गाँव जाना हुआ

न जाने क्यों हर एक घर वीराना हुआ,

जिन घर -आंगन में थी कभी पंछियों की चाहचहट

वहां तो सुनाई दी दर्द और दु:ख की आहट

जिन चेहरो पर खिली रहती थी मुस्कराहट
उन चेहरो पर दिखी उदासी और घबराहट,

जो स्थान रहता था बच्चों से भरा हुआ
वहां कुछ न मिला दु:ख-दर्द के शिवा
वर्षों बाद जब गाँव जाना हुआ
न जाने क्यों हर एक घर वीराना हुआ।

3 – वह औरत

अपने बच्चो को रोता छोडकर

दूसरो के बच्चो को हंसाने आई है

देखो एक मजबूर औरत

दो वक्त की रोटी कमाने आई है,

रोया होगा उसका मन भी बार-बार

फिर भी वह अपनी ममता को

सीने में दबा के आई है

देखो एक बेबस औरत

चंद कागज के नोट कमाने आई है,

अपने बच्चो को असुरक्षित छोडकर

दूसरो के बच्चो को सुरक्षा देने आई है

देखो आज फिर वह औरत

अपनी ममता बिखेरने आई है,

भीगी होगी उसकी पलके भी कई बार

फिर भी वह होठो पे मुस्कान सजा के आई है

देखो एक मजबूर औरत

दूसरो के बच्चों पर प्यार लुटाने आई है,

अपने घर की हर मुश्किल झेलकर

वह अपना कर्तव्य निभाने आई है

देखो आज फिर वह औरत

दूसरो का घर सजाने आई है।

4 – चूली का पेड़

पेड़ है छोटा चूली का

पत्ते है उसमे हरे अनेक

हवा से वो जोर से हिलता - डूलता

मानो हमको अपने पास बुलाता,

छोटा पेड़ सबको खूब लुभाता

हवा - छाँव अभी कम ही देता

पेड़ है छोटा चूली का

टहनी छोटे उसमें अनेक,

पेड़ जब और बड़ा हो जाएगा

हवा - छाँव सबको खूब दिलाएगा

पेड़ जब फलदार बन जाएगा

हमको भी अपने मीठे फल खिलाएगा,

उसकी टहनियो में मैं बच्चों को झुलाऊँगा

उसके मीठे फल सबको खूब खिलाऊंगा

पेड़ है छोटा चूली का

उसके सामने घर है कल्लू का,

बड़ा पेड़ खूब काम आएगा

फल लकड़ियों से हमे खुशियां दिलाएगा

बड़े पेड़ से मैं एक काम करूंगा

उसकी पीढ़ियां सबको खूब बाटूंगा

पेड़ है छोटा चूली का

अभी सपने बहुत है अपनो का ।

5 – मुझसे कैसा प्यार करता था

हंसाता था मुझको कभी रूला भी देता था

न जाने वो मुझसे कैसा प्यार करता था

कभी बिन बोले ही सबकुछ समझ जाता था

कभी न जाने क्यों मुझे भुला भी देता था,

बाते वो कभी प्यार भरी करता

कभी मेरे दुःखी होने से उदास हो जाता था

कभी खिलखिला के संग मुस्कराता

तो कभी अपने आंसुओं को छुपा लेता था,

थाम कर मेरा हाथ कभी संग चलता

तो कभी चलते - चलते दूरी बना लेता था

हंसाता था मुझको कभी रूला भी देता था

न जाने वो मुझसे कैसा प्यार करता था,

बाते चाहे जमाने भर की करता

पर कभी मेरी बातो में ही खो जाता था

गले लगाकर अपनी खुशियों का इजहार करता

तो कभी दूर से ही हाल- चाल पूछ लेता था,

वो भले ही मेरे सुख दुःख का साथी था

पर कभी सरेआम मिलने से भी घबराता था

मेरा साथ पाकर खुद को खुशनसीब समझता

मेरे कैरियर और जीवन के लिए फिक्रमंद रहता था,

भले ही कभी इजहार ए मोहब्बत नहीं किया था

पर मेरी बातो में मेरी यादो में वो अक्सर रहता था

जीवन के इस अजब मोड़ पे न जाने क्यों

बरबस ही आंखो में उसका चेहरा याद आया था,

हंसाता था मुझको कभी रूला भी देता था

न जाने वो मुझसे कैसा प्यार करता था ।

6 – दुल्हन बैठी उदास है

दुल्हन बैठी आज उदास है

घर पर आई जो उसकी बारात है

सखी-सहेलियां भी सब आस-पास है

माहौल में कुछ दुःखद एहसास है,

माता - पिता की आंखे भी नम है

बेटी के जुदा होने का जो गम है

उसके सुखद वैवाहिक जीवन का भी चिंतन है

क्या इसलिए बेटी पराई धन है,

दुल्हन बैठी आज उदास है

घर पर आई जो उसकी बारात है.

माता - पिता की जुदाई से पलके नम है

भाई - बहन से बिछड़ने का भी गम है

सखी- सहेलियो का साथ भी अब कम है

चेहरे पर किसी पल खुशी तो किसी पल गम है,

दुल्हन बैठी आज उदास है
घर पर आई जो उसकी बारात है.

माथे पर भी उसके कुछ शंका का भाव है
नए परिवार में तालमेल बिठाने का तनाव है
अपने परिवार के इज्जत का भी सवाल है
जीवन की नई चुनौती का भी दवाब है,

यही समाज का रीति - रिवाज है
इस विदाई के दुःख की न कोई आवाज है
दुल्हन बैठी आज उदास है
घर पे आई जो उसकी बारात है।

7 – जमाना

पहले था सयुंक्त परिवार का जमाना

हर शाम होती थी ज्ञान की बाते

आज बिखर गया है परिवार

और कम हो गयी है मुलाकातें,

हर घर में मिलता था मान-सम्मान

और बड़ो का होता था स्वागत सत्कार

अब खो गए वो संस्कार और प्यार

और हर घर में बढ़ गया द्वेष और अत्याचार,

हर गांव घर में था भाईचारे का माहौल

और आपस में बोले जाते थे मीठे बोल

आज हर कदम पर हो रहा है इज्जतों का खेल

और न रहा कोई रिश्ता अनमोल,

सभी घर परिवार में थी एकता

और चिट्टियों का था प्रचलन

आधुनिकता कि इस दौड़ में
कितना व्यस्त हो गया अब जीवन,

बहु-बेटियों की होती थी इज्जत
और हर कदम पर थी मान मर्यादा
बढ़ी गरीबी-बेरोजगारी और असमानता
साथ ही अधूरा रहा गया हर किया गया वादा,

पहले मिलकर होता था हर जश्न मनाना
और आसान था दो वक्त की रोटी कमाना
आज मुश्किल हो गया है परिवार चलना
वाकई कितना बदल गया है जमाना।

8 – मुझको कोई गम नहीं

जो ताउम्र तेरे हमनवा बन सके नहीं

तो इसका भी अब मुझको कोई गम नहीं

इस रिश्ते का भले ही कोई नाम नहीं

पर तेरा हमदर्द बनकर चलना भी कम नहीं,

यूं सरेआम जो तेरा हाथ थामकर चल सके नहीं

पर तेरी परछाई बनकर साथ चलना कम नहीं

तेरी बातों तेरी यादों में चाहे अब हम नहीं

पर संग तेरे गुजारे वो लम्हे किसी से कम नहीं,

वो वादे वो कसमें भले पूरी हुई नहीं

पर संग गुजारे वो पल सुहाने कम नहीं

शायद अब हमारा मिलना भी मुमकिन नहीं

पर तेरे सुख - दुःख में शामिल होना कम नहीं,

उम्र भर साथ देने का वादा जो पूरा हुआ नहीं

शायद कुछ रिश्तो का यही अंत सही

जो ताउम्र तेरे हमनवा बन सके नहीं

तो इसका भी अब मुझको कोई गम नहीं,

तेरी खुशी है जहां मेरी खुशी भी है वही

इसलिए आज भी दुआ करते है हम कही

चाहे जन्मों - जन्म का साथ हमारा था नहीं

पर सबसे अजीज लोगो मे आज भी तेरा नाम है वही,

मिलना - बिछड़ना जब ऊपर वाले का खेल सही

तो फिर जी लेंगे जिंदगी अब उन यादो में कही

तेरे गम तेरी निराशा तुझे छू सके नहीं

बस मेरे दिल से दुआ निकले बार - बार यही।

9 – तेरे साथ रहें

हम खुश रहे या उदास रहे

बस ख्वाहिश है कि तेरे साथ रहे

कभी दूर रहे या पास रहे

आँखो में वही एक इंतजार रहे,

जिंदगी में उलझन रहे या गम रहे

पलको में बस खुशियों की आस रहे

हम में प्यार रहे या तकरार रहे

बस विश्वास की एक डोर बंधी रहे,

तुम हम में रहे या हम तुम में रहे

होठो पे न कोई शिकायत रहे

हम खुश रहे या उदास रहे

एक ख्वाहिश है कि तेरे साथ रहे,

है गर दामन कांटो से भरा हुआ

तो बस हौसलों की उम्मीद ऊंची बनी रहे

मेरे धड़कनो में समा जा कुछ इस तरहा

कि मेरे रूह – रूह में बस तेरा ही नाम रहे ।

10 – नेता जी

हाथ जोड़कर वो हाथ हिलाये

साथ में अपनी भीड़ जुटाये

वादे-कसमों की एक पोटली लाये

नेता जी जब हमारे गांव में आये,

जनता को विकास की कहानियां सुनाये

पांच साल के लिए फिर सपने दिखाए

कभी जहाज तो कभी लाल बत्ती घुमाये

क्योंकि फिर से चुनाव जो आये,

विपक्षी टीम को खरी - खोटी सुनाये

अपने साथियों की पीठ थपथपाये

बुजुर्गों के पांव छूए और सर झुकाये

हमारे गांव में जब नेता जी आये,

साथ में पुराने नेताओ की टोली लाये

हर गली-मोहल्ले में अपने चमचे फैलाये

खुद को बस जनता का सेवक बतलाये

हर समाधान का विश्वास दिलाये,

जीवन के हर ऐशो आराम में अपना दिन बिताये

जीतने के लिए हर तिकड़म लगाए

हाथ जोड़कर वो हाथ हिलाये

नेता जी जब हमारे गांव में आये।

11 – मैं क्या लिखूं

वो खिलखिलाता बेफिक्र बचपन लिखूं

या जिम्मेदारियों के बोझ तले जवानी लिखूं

संग तेरे गुजारे वो खुशनुमा पल लिखूं

या तुम्हारे इंतजार की वो घड़ियां लिखूं

तुम्ही बताओ अब मैं क्या लिखूं

वो साथ देखे सपने सुहाने लिखूं

या चांदनी भरी वो रात लिखूं

हंसता - मुस्कराता वो सुहाना सफर लिखूं

या यादो में गुजारे हर एक पल लिखूं

तुम्ही बताओ अब मैं क्या लिखूं

अपना किया हुआ इजहार लिखूं

या तुम्हारा वो इंकार लिखूं

जुदाई की वो असीम पीड़ा लिखूं

या मिलन की वो खुशियां तमाम लिखूं

तुम्ही बताओ अब मैं क्या लिखूं

प्रथम मिलन की वो बेला लिखूं

या पलको मे सजाये वो ख्वाब लिखूं

समाज के पाबंदियों का बंधन लिखूं

या तेरे साथ होने का सुकून लिखूं

तुम्हीं बताओ अब मैं क्या लिखूं,

तुम्हारी वो बैचेनी लिखूं

या अपनी बेताबी लिखूं

वो रूठना - मनाना लिखूं

या अब मिलन की कोई आस लिखूं

तुम्ही बताओ अब मैं क्या लिखूं।

12 – जिंदगी

अपनों से मुंह छुपाकर कई बार रोई है जिंदगी

नाजुक कंधों पर जिसने उम्र भर ढ़ोई है जिंदगी

न पहचान न काम न रहने का ठिकाना है कोई

सड़क किनारे फुटपाथ में ही सिमटी है कई जिंदगी,

अक्सर दो वक्त के निवाले को तरसते रहे बच्चें

बिन खाए ही कई दफा भूखी ही सोई है जिंदगी

जीवन में मजबूरियां आ जाने के बाद

लावारिश की तरहा फेंक दी गई है जिंदगी,

सवालों और उम्मीदों में कई वक्त उलझी है जिंदगी

मिलते तिरस्कारो से भी कई मर्तबा टूटी है जिंदगी

न तन पे है ठीक से कपड़ा न अब जीने की चाह है कोई

फिर भी उम्मीदों के सहारे अक्सर बच्ची है जिंदगी,

जिस्म के लिए ललचाती नजरो से भी छलनी हुई है जिंदगी

हमदर्दी और अपनत्व के नाम पर कई बार लूटी है जिंदगी

दिल और आँखों में दबे है कई खौफनाक मंजर

हर रोज मरकर फिर से खड़ी हुई है जिंदगी,

जिसने आंसुओ की तरहा जिया हो उससे पूछिये

कैसे सिसक - सिसक के संजोयी है जिंदगी

अपनों से मुंह छुपाकर कई बार रोई है जिंदगी

नाजुक कंधों पर जिसने उम्र भर ढ़ोई है जिंदगी ।

13 – तुझसे मिलकर

मिली जो मेरी नजरे तुझसे

शर्मा के तेरी पलके झुक गए

हमारे लब्ज भी तब क्या बोलते

तेरे दीदार भर से वो बेजुबान हो गए,

निकले थे हम हमसफर की तलाश में

तुझको देखा और हम ठहर सा गए

हमने सोचा नहीं था कभी प्यार करने का

तुझसे मिलकर अपना इरादा ही बदल दिए,

सोचा नहीं था कभी चाँद तारो की

तुझको देखा तो लगा कि मानो वो पास आ गए

दिखी जो तेरे चेहरे की वो बेपरवाह हंसी

लगा मानो सारे मोती जमीं पर बिखर गए,

हम तो रहते थे अक्सर बेफिक्र बेख्याल

तुझसे मिलकर हम फिक्रमंद हो गए

जिन्दगीं में चल रही थी मौसम पतझड़ का
तेरे आने से मौसम ए बहार आ गए,

मिली जो मेरी नजरे तुझसे
शर्मा के तेरी पलके झुक गए
हमारे लब्ज भी तब क्या बोलते
तेरे दीदार भर से वो बेजुबान हो गए,

हम तो रहने लगे थे अक्सर तन्हा - तन्हा
तुझको देखकर सुहाने सपने भी दिख गए
सोचा नहीं था जिंदगी का ऎसा मोड़ भी आएगा
तुम उस छोर तो हम इस छोर ही रह गए,

लिखते हम भी कुछ तेरे बारे में
सोचकर तुझको तो ये कलम भी रुक गए
थे हम भी शायद कुछ आधे - अधूरे
तुझसे मिलकर लगा कि हम पूरे हो गए।

14 – शायद

बहा लो तुम अपने आंसू खुद ही

मन हल्का हो जाए शायद

खुद से भी बात कर लो कभी

अपना ही दिल संभल जाए शायद,

कभी गुजरे हसीन लम्हों को याद कर लो

चेहरे पर कुछ मुस्कान आ जाए शायद

अपनी खुशियां तुम खुद सहेजो

दूसरो पर निर्भरता कम हो जाए शायद,

कितने आँसू अभी किस्मत में है

इसका तो कोई हिसाब नहीं है शायद

कुछ कड़वी यादो को समय पर छोड़ दो

जिंदगी कुछ संभल जाए शायद,

जीवन के कुछ लम्हे खुद के लिए चुरा लो

जीने का नजरिया बदल जाए शायद

बहा लो तुम अपने आंसू खुद ही

क्या पता मन हल्का हो जाए शायद,

आंखो की तो तकदीर है बहना

आंसुओं को कमजोरी बनना ठीक नहीं है शायद

हर बात को दिल में ना रखा करो

दिमाग में रखने से भूल भी जाओ शायद,

मिलना बिछुड़ना तो खेल है विधाता का

दुःख भरी बातो में उलझे रहना ठीक नहीं है शायद

लोगों से उम्मीदे कम रखना सीख लो

जीवन में मजबूती से आगे बढ़ जाओगे शायद,

अच्छे संस्कार और शिक्षा अपने में समा लो

समाज में एक आदर्श स्थापित कर जाओ शायद

खुद से भी बात कर लो कभी

अपना ही दिल संभल जाए शायद।

15 – मेरी प्यारी बेटी है वो

घर के हर आंगन कोने में

अपनी किलकारियाँ बिखेरती है जो

अपनी पायल की मधुर छनकार से

अपनी मौजूदगी का एहसास कराती है वो

घर में सबकी लाडली है जो

मेरी प्यारी बेटी है वो,

जब भी वो खिलखिलाकर मुस्कराती है

मानो हर ओर खुशियां बिखर जाती है

हर काम-काज में हाथ बंटाती है जो

अपने आंसूओ को अक्सर छुपा लेती है वो

मेरी खुशी और मेरी शान का हिस्सा है जो

मेरी प्यारी बेटी है वो,

बेटा है अगर एक कुल का दीपक

तो दो-दो घरो का मान-सम्मान है वो

एक घर में पैदा होकर भी

दो-दो घरो को जोड़ना जानती है वो

दूर हो या पास मेरी हर पल फिक्र करती है जो

मेरी प्यारी बेटी है वो,

रोते हुए बचपन को गुदगुदाती है जो

दिल के रिश्तों को जोड़कर बांधे रखती है वो

अपने पैरों पर स्वाबलंबी होकर

दूसरो को भी सहारा देती है वो

हर घर के लिए लक्ष्मी का रूप है जो

मेरी प्यारी बेटी है वो ।

16 – क्या बात होती

तेरे माथे पर भले ही बिंदिया चमक रही है

तू भी इस तरह चमक जाती तो क्या बात होती

सर पर जों तेरे ये दुपट्टा लहरा रहा है

अपना परचम भी इस तरह लहराती तो क्या बात होती,

दो कुलों और दो परिवारों को जोड़ रही है तू वर्षों से

अपने बिखरे सपनों को भी जोड़ पाती तो क्या बात होती

माना आँखों में आंसूओ का सागर है गहरा

पर इस सागर से निकल पाती तो क्या बात होती,

बच्चों के लिए है तूने हर खुशियां मांगी

कुछ अपने लिए भी मांग लेती तो क्या बात होती

रोते हुए बचपन को जों तूने खिलखिलाना सिखाया

आंसू अपने पोंछ कर खुद खिलखिलाती तो क्या बात होती,

माना कि समाज में हावी हो रही है पुरुषवादी सोच

इस सोच के खिलाफ आवाज उठाती तो क्या बात होती

गम के बोझ तले दबी दिख रही है तेरी जिंदगी

इस गम से उबरकर जीना सीख लेती तो क्या बात होती,

दुर्गा, काली, रानी लक्ष्मीबाई रूप है वीरांगनाओ का

तू भी कभी इन रूपों को दिखाती तो क्या बात होती

सर पर जों तेरे ये दुपट्टा लहरा रहा है

इस तरह अपना परचम लहराती तो क्या बात होती,

अन्याय, अत्याचार के खिलाफ लड़ना सिखाया है तूने

खुद के शोषण के खिलाफ लड़ पाती तो क्या बात होती

भले ही स्वतंत्र जीवन अधिकार है हम सब का

तू भी सामाजिक बंधन से स्वतंत्र होती तो क्या बात होती,

गिरना, उठना और निरंतर चलना नियत है जीवन का

तू भी हर बुराई से लड़कर जीत पाती तो क्या बात होती

सभ्य संस्कार और अच्छे लालन-पालन का सूत्रधार है तू

लोगों की सोच में भी अच्छे संस्कार आते तो क्या बात होती।

17 – उम्मीद

तेरे सवालों का जवाब तो मैं भी रखता हूँ

पर रिश्तो को सुधारने में मैं ज्यादा यकीन करता हूँ

देने वाले को पता है कि मुझे दर्द मिला कितना है

उस दर्द के मरहम के लिए होठो पे मुस्कान रखता हूँ,

गिले - शिकवे तो दो रूप है रिश्तो का

इसलिए शिकायतों का पिटारा मैं कम रखता हूँ

बांटे दर्द का अगर उपहास उड़ाना काम है लोगों का

तो मैं फिर गमों को पीने में ज्यादा यकीन करता हूँ,

जो वादे जो सपने उन्होंने पलको पे सजाए है

बस उसे पूरा करने का ईमान रखता हूँ

खुशियों और गमों का मिला रूप है ये जिंदगी

इसलिए कल की बेहतरी के लिए खुश रहता हूँ,

रिश्ते निभाना न निभाना भले है हमारे हाथो में

पर खोखले रिश्तो को तोड़ना जरूरी समझता हूँ

तेरे सवालों का जवाब तो मैं भी रखता हूँ
पर रिश्तो को सुधारने में मैं ज्यादा यकीन करता हूँ,

भावना, जज्बात और विश्वास का जाल है जिंदगी
जिनसे दिल न मिले तो उनसे मैं दूरी रखता हूँ
हमदर्दी के नाम पर तोड़ना और छोड़ना काम है लोगों का
इसलिए लोगों से लगाव और उम्मीद मैं कम रखता हूँ।

18 – न जाने क्यों

इंसानियत भी अब दम तोड़ चुका है

मानवता भी सिसक रही है

लड़कियां आज न जाने क्यों

हर मोहल्ले में शिकार हो रही है,

पहले तो कोख में ही है असुरक्षित

फिर समाज में तमाशा बन रही है

लड़कियां आज न जाने क्यों

हर तरफ बेबस दिख रही है,

खो गई अब वो सम्मान की नजर

हर कदम पे हैवानियत दिख रही है

लड़कियां आज न जाने क्यों

इस कदर भयभीत दिख रही है,

कुचल डाली उनकी स्वतंत्रता को

पाबंदियों के बेड़ी में जकड़ी जा रही है

लड़कियां आज न जाने क्यों

इस कदर सिमटती जा रही है,

कभी दहेज तो कभी वंशवाद के नाम पर

आज भी वो हर अत्याचार सह रही है

लड़कियां आज न जाने क्यों

इस तरह लाचार नजर आ रही है,

अपने पराये सब बने है दुश्मन

विश्वास के नाम पर धोखा खा रही है

लड़कियां आज न जाने क्यों

हर गली में शिकार हो रही है।

19 – कहीं तो कोई हलचल हो

मेरे दिल में नहीं तो

तेरे दिल में ही सही

कही तो कोई हलचल हो,

हम भी बैठे है यादो में

वो भी खोए है ख्यालों में

किसी को तो इस बात की खबर हो,

दिल उनका भी कुछ बेकरार है

हम भी अब कुछ बैचेन है

अब न जाने ये कैसी उलझन है,

हम भी खड़े है हाथ जोड़कर

वो भी बैठे हैं सर झुकाकर

हर कोई परेशान है हमे इस तरह देखकर,

खुशियों के जाम भी छलकेंगे

और जीवन में बाहर भी आएगी

बस किसी की दुआ तो कबुल हो,

वो भी खोए है सपनो में

हम भी उन्हे देख रहे है अपनो में

इस मिलन की कोई तारीख तो हो,

मेरे दिल में नहीं तो

तेरे दिल में ही सही

कही तो कोई हलचल हो।

20 – लाचारी

लोगों की नजर में तन ढकने के लिए छोटी है

पर उसके तन पर तो वो एक पूरी धोती है

आंसू अपने पीकर वह कैसे मुस्कराती है

मन ही मन न जाने वह कितना रोती है,

हर जुल्म सहकर भी वह अपना कर्तव्य निभाती है

जख्म अपने देखकर वह पल - पल सिसकती है

उसके आंसुओं पर मुस्कराती ऐ दुनियां

वह भी तो किसी की अपनी प्यारी बेटी है,

हर शाम उसके अरमानो की बलि चढ़ती है

विश्वास, अपनत्व के नाम पर हर रोज छली जाती है

बहार उसके सशक्तिकरण के लिए दुनिया शौर मचाती है

अंदर उसके हौसलों के पंख हर रोज कुतरती है,

अपना वजूद तलाशने के लिए कितना छटपटाती है

बेटी, बहन, बहु, मां और औरत के नाम पे कितना आंसू बहाती है

उसकी इस लाचारी की क्या हमदर्दी लोगों ने जताई है

तन उसके ढकने के लिए उसके तन की ही बोली लगाई है,

लोगों की नजर में तन ढकने के लिए छोटी है

पर उसके तन पर तो वो एक पूरी धोती है ।

21 – वो भी बदल गया

कभी मेरा हाथ थामे साथ चलकर

कभी मुझसे रूठते हुए बिछड़कर

वो भी तो बदल गया आखिर

मेरे जज्बातों को बदलकर,

कभी संग अपने सपने सुहाने दिखाकर

कभी मेरे लिए अपनी फिक्र जताकर

क्या उसका बदलना जरूरी था

बस एक मजबूरी का नाम देकर,

कभी मन में जीने की चाह जगाकर

कभी संग मेरे अपने आंसू बहाकर

जाने वो कहां चला गया

मुझे इस तरह बदलकर,

कभी मुझे अपनी बाहों में भरकर

कभी मेरे लिए दुनियादारी से लड़कर

क्यों आया था वो मेरे जिंदगी में

जब जाना था उसे मेरे यादो में बसकर,

कभी मेरी वजहा से डांट खाकर

कभी मेरे प्रति लोगों की धारणा बदलवाकर

सितारों की तरह आँखों से ओझल हो गया वो

मेरे जीवन में खुशियों के तमाम रंग भरकर,

कभी मेरे हौसलों में नई उड़ान भरकर

कभी पेड़ों सा शीतल छांव देकर

क्या वो यूं ही साथ नहीं चल सकता था

मेरी अंतिम सांसो तक मेरी सांस बनकर,

कभी मेरा हाथ थामे साथ चलकर

कभी मुझसे रूठते हुए बिछड़कर

वो भी तो बदल गया आखिर

मेरे जज्बातों को बदलकर ।

22 – अपना बचपन याद आया

कल गली में बच्चों को खेलते देखकर

अपना बचपन याद आ गया एक बार फिर

कभी हम भी खेलते थे साथ मिलकर

वो याराना याद आ गया आज फिर,

स्कूल जाते थे एक दूसरे का हाथ पकड़कर

बस खेलते और मस्ती करते रहते थे दिनभर

न किसी बात की चिंता थी न कोई फिकर

आज फिर पलके नम हो गयी उन दिनों को यादकर,

तब मां खाना खिलाती थी भाग-भागकर

और पिता जी चलना सिखाते थे ऊंगली पकड़कर

स्कूल से घर तक धमाचौकड़ी मचाते थे दिनभर

आज मन उदास हो गया वो सब यादकर,

घर में सबका प्यार मिलता था जी भरकर

रातों को मां सुलाती थी अक्सर लोरिया गाकर

शाम को घूमा करते थे पापा के कंधे चढ़कर

आज फिर दिल रो पड़ा उन दिनों को यादकर,

बिन बात के रो देते थे और खुश होते थे मुस्कराकर

न छुट्टी करने की थी फिकर न काम का था डर

कल गली में बच्चों को खेलते देखकर

अपना बचपन याद आ गया एक बार फिर।

23 – ये कैसी हवा

ये दौर भी कैसी हवा चला रहा है

जहां संतान ही मां - बाप को ठुकरा रहा है

खून के रिश्तो में भी क्या गुल खिल रहा है

जो इंसान ही इंसान को दुश्मन समझ रहा है,

विश्वास और भाईचारे का कैसे खेल दिख रहा है

जो आदमी ही आदमी को लूट रहा है

इज्जत और सम्मान का भी भाव अब घट रहा है

सब एक - दूसरे को दबाने की सोच रहा है,

मान और सम्मान का ये कैसा दौर चल रहा है

जहां इंसान ही इंसान को आपस में लड़ा रहा है

एक भूल के कारण भले रावण अभी तक जल रहा है

पर आज तो हर मुहल्ले में ही रावण दिख रहा है,

ये दौर भी कैसी हवा बहा रहा है

जहां औलाद ही मां - बाप को कठपुतली बना रहा है

सोच और नजरिया का कैसा परिवर्तन दिख रहा है
जहां बच्चों पर भी हैवनियत का कहर बरस रहा है,

चुराई होगी कभी रावण ने सीता को
पर आज तो हर गली से सीता चुरा रहा है
विश्वास और अपनेपन का भाव दिखाकर
आज हर कोई इज्जत उतार रहा है,

संस्करो और सम्मानों का कैसा दौर चल रहा है
जहां छोटे - बड़े में आदर का भाव घट रहा है
सम्मान और इज्जत के नाम पर रिश्त जोड़कर
हर कोई अपने फायदे की रोटी सेक रहा है,

ये दौर भी कैसी हवा चला रहा है.
जहां बच्चे ही माँ - बाप को घर से निकाल रहा है।

24 – इस बरसात में

इस बरसात में अब वो बात नहीं है

मेरे हाथो में जो उसका हाथ नहीं है

प्यार भरे लम्हे भी अब साथ नहीं है

दिलो में भी अब वो जज्बात नहीं है,

मेरे कदमो के साथ उसके कदम नहीं है

आंखो में भी अब वो इंतजार नहीं है

इस बरसात में अब वो बात नहीं है

मेरे हाथो में जो उसका हाथ नहीं है,

मेरे धड़कनों में अब उसका नाम नहीं है

मेरे ख्वाबो में भी अब उसका ख्याल नहीं है

मेरी बातो में उसका जिक्र नहीं है

इस दिल में अब वो उमंग नहीं है,

पहले जैसे अब हालात नहीं है

उसका भी तो अब साथ नहीं है

इस बरसात में अब वो बात नहीं है

मेरे हाथो में जो उसका हाथ नहीं है।

25 – दिल न मचल जाए

चलती हवा का तेज झोंका भी

तुझे छूने से न जाने क्यों कतराए

उसे डर है कि कहीं तेरे खूबसूरत चेहरे पर

तेरे जुल्फों का कोई पर्दा न बन जाए,

सूरज की चमकती तेज किरणें भी

तेरे पास आने से न जाने क्यों घबराए

उसे भी शायद यही डर है कि

तेरे होठों से कोई आह न निकल जाए,

फूलों की उन नाजुक कलियों को

अगर तेरे छूने से ही ताजगी मिल जाए

तो मुझे डर लगता है कि कहीं

तेरी नाजुक कलाइयों में कोई मोच न आ जाए,

बारिश कि वो रिमझिम - रिमझिम बूंदे

तुझ पर बरसने से ही झुकर जाए

उसे डर है कि तेरे भीगे बदन की खुशबू से

कहीं वो मदहोश न हो जाए,

तेरे रास्तो के वो कंकड पत्थर

तेरे रहो में आने से शर्मा जाए

उसे दुःख होगा तेरे नाजुक पैरों के नीचे आने से

तेरे पैरों मे कहीं कोई लचक न आ जाए,

बन - ठन के इतराती इठलाती हुई

जब ऊंची - नीची पगडंडियों मे अपने कदम बढाए

मुझे फिक्र है तेरे लिए इस बात की

कि कहीं किसी का दिल न मचल जाए।

www.ingramcontent.com/pod-product-compliance
Lightning Source LLC
Chambersburg PA
CBHW052239150726
48002CB00003B/1504